Um jeito de poeta

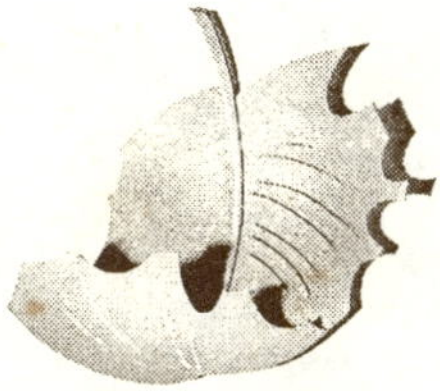

Luís Mauro Caetano da Rosa

Um jeito de poeta

Organização
Denise Maurano

Companhia de Freud
editora

EDITORA CAMPO MATÊMICO

EDITORAÇÃO ELETRÔNICA
FA - Editoração Eletrônica

ORGANIZAÇÃO
Denise Maurano

CAPA
Timbira

PROJETO GRÁFICO
Flavio Mello

FOTOGRAFIA
Handal

FICHA CATALOGRÁFICA

R788u

Rosa, Luís Mauro Caetano da.
Um jeito de poeta / Luís Mauro CAetano da Rosa ; organização Denise Maurano. — Rio de Janeiro : Campo Matêmico, 2000.
88 p. : il. ; 21 cm

ISBN 85-85717-41-6

1. Poeta brasileiro. I. Maurano, Denise II. Título.
CDD-B869.1

Companhia de Freud
editora

ENDEREÇO PARA CORRESPONDÊNCIA
Rua Visconde de Pirajá, 577 - Salas 306/307
Cep 22410-003 - Ipanema - Rio de Janeiro
Tel.: (21) 540-7954 – Telefax: (021) 239-9492
email: tereza@ism.com.br

Uma orelha...

Luís Mauro Caetano da Rosa, era psicanalista, e sua morte prematura, aos 42 anos, decorrente de um acidente de carro, comoveu além dos seus familiares e amigos, também a seus clientes. Alguns se manifestaram por cartas a seus pais, das quais aqui vão alguns fragmentos.

"...Fui paciente de seu filho no consultório que ele tinha em Madureira.... Eu cheguei ao consultório dele com a vida arrasada.... Foi com o Luís Mauro que venci minha timidez crônica. Eu tinha depressão, pensava em me matar, achava que ninguém gostava de mim... E Luís Mauro me levantou do caos no qual eu estava afundado. Isso foi em 1993. Hoje eu sou outra pessoa..." E Mário arrisca uma poesia:

"Onde voce estiver, dileto amigo,
Leve de mim abraços fraternais,
Você viverá sempre em mim, comigo,
Estará em meus sorrisos imortais"

Também um pequeno menino por ele atendido quiz se pronunciar; fez um desenho do dominó e do xadrês que jogava nas sessões e escreveu a seu modo: *"Dotor Luís M. você mim ajudor, apredi gosta dos meus amigos. Não te esqueço, você foi muito bom.*
Você está no céu.
Paulo André."

Uma orelha...

Com certeza Luís Mauro pertence a uma outra família de poetas, não dos que disputam um lugar em cadernos de poucas idéias e burocráticos semanários, distanciados das ruas e noturnas viagens a calçadas de espinhos.

Quando seus textos me chegaram às mãos, olhei-os com a dureza de uma lâmina, separando excessos, observando concisões, e achei que era mais um belo arremesso à lata do lixo. Deixei-os de lado. Dias mais tarde, voltei a relê-los, então me rendi à demasiada solidão habitante em suas palavras. Cenas, quadros, imagens curtas e velozes que narravam uma dor pontiaguda e transparente.

Luís Mauro não tinha a pretensão de ser "o poeta", com certeza as palavras foram instrumentos para aguçar e burilar suas emoções, fazendo-o uma pessoa capaz de sentir o mundo que o rodeava, os vários mundos em que habitava.

Sabemos que quem trabalha a palavra precisa de tempo para que ela tenha a textura ideal, e cada um de nós tem o seu. Luís Mauro teve seu tempo e nos deixou sua primavera. Com certeza ele sabia que o sol queima, mas a paixão incendeia.

Paulo C.A.C.
poeta

Uma orelha....

Conheci Luís Mauro durante um cartel. O cartel não deu certo, não foi longe, mas valeu para nos aproximar. Passamos a conversar, a trocar idéias: primeiro, questões teóricas, impasses clínicos, coisas do nosso cotidiano de analistas. Depois, instaurada a confiança, nos tornamos amigos. Passamos a falar, também, sobre coisas da vida e tropeços do amor — interlocução precisa, singular, insubstituível.

Aprendi muito com Luís Mauro. Não sei se ele chegou a aprender algo comigo — fiquei sem saber... Sempre lhe dizia que ele me ensinava sobre a alma masculina. Ele me falava das suas ambições e desilusões, dos seus anseios e decepções, da sua esperança... e eu alerta, ouvindo e aprendendo. Trocávamos confidências...

Ao morrer, ele levou consigo os meus segredos. No impacto da sua perda, fiquei um tempo sem saber o que faria com os segredos que ele me legou.

Agora, mais habituada à sua ausência, eu sei que ele me tornou guardiã de um tesouro. Sinto-me orgulhosa por isso.

Sua morte, tão estúpida quanto prematura, tão cruel quanto surpreendente, interrompeu um trajeto no qual ele vinha investindo com afinco:

trabalhador decidido da Psicanálise, queria sobretudo construir um nome. Era certo que teria conseguido. Não deu tempo.

Belo sujeito, por dentro e por fora: tinha orgulho das sobrinhas, muito respeito e carinho pela irmã e, principalmente, grande dedicação e amor aos pais.

Luís Mauro amava a vida. Sensível, admirava as mulheres.

Muito angustiado com o futuro e apreensivo com o presente, morreu sem conseguir realizar o que mais ansiava: aos 40 anos, achava que já era tempo de colocar em ato o desejo de ser pai.

Não deixou filhos, mas deixou poesias...

Sara Pérola Fux
psicanalista

Prefácio

Domingo, tarde da noite, o telefone toca. Atendo sonolenta e do outro lado da linha, me anunciam: — Procure confirmar essa notícia mas parece que Luís Mauro sofreu um acidente e morreu nessa semana que passou.

Eu tonta, não entendi direito. Que absurdo! Liguei imediatamente para casa dele e, sua voz na secretária pedia que deixasse recado. Respirei aliviada. Mas, fiquei intrigada com essa história. Liguei então para Sônia, sua ex-mulher. Bastou ouvir seu — Alô, prá que a notícia, para mim, se confirmasse. "Numa transversal da vida", a morte o havia colhido.

Dizer o que? Esse é o ponto onde o discurso se estanca. Restam apenas as inúmeras lembranças do privilégio de tantos e tantos momentos juntos em todos os tempos, desde a faculdade. Restam também os achados. Dentre eles, recolhi folhas dispersas rabiscadas, que testemunham um certo "Jeito de poeta" que procura "a cor do ar. Transpirar, sussurrar pelos poros o que a palavra não alcança." Eis aí sua "possibilidade mutante de ser elástico, fantástico", "procurando prender o mundo num ato". Mundo que abriga o Bar do Seu Antônio, homenageia Vila Isabel e "a vida passageira que os bambas (Ataulfo, Cartola e Noel) mascaram com sua harmonia ligeira." E mesmo que o "coração chore cabisbaixo na primeira transversal do passado", Lulu, como eu o chamava, sabia com Dolores que "se a dor é tanta é porque o amor valeu".

Resta agora esperar que "as duas lágrimas saindo de um olho verde e outro rosa" unam-se "magicamente, no coração de uma colombina", para cantar a Mangueira, "Dançar a vida", tirar "Fotografia", ainda que esteja o "Espelho Quebrado" e que se confesse que "Amaria se soubesse."

Da vida esse é apenas um "Ponto de Vista", no mais, "Até quem sabe..." como diz a letra de João Donato, aqui transcrita, encontrada em meios aos guardados do Luís Mauro, de onde recolhi as poesias que lhes apresento.

Denise Maurano

Agora vou
Para onde for
Sem mais você
Sem me querer
Sem mesmo ser
Sem me entender
Vou me beber
Vou me perder pela cidade
Até um dia
Até talvez
Até quem sabe.

João Donato

Sumário

Amaria se soubesse

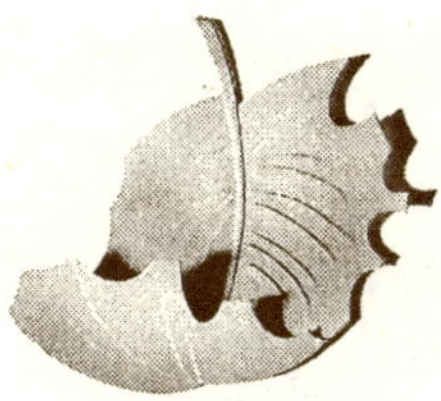

Amaria se soubesse

Se a necessidade de amar
E querer bem
Faz parte de mim
Qual força do mar
Invadindo a terra ...

Se o instante existe
E devo vivê-lo
Qual animal astuto
À procura da caça,
Razão de viver ...

Se o vento do outono
Qual chicote do algoz
Corta a face
E decreta silêncio
À minha voz ...

E, se a morte
Parece o caminho inevitável
Para a noite, forte destino,
Momento imponderável,
Gritarei na madrugada
Teu nome: Solidão.

Solidão

Um copo com vodka para beber,
Dois cubos de gelo a acompanhar,
E um coração, que invejoso,
Vê as pedrinhas
À água se juntar.

Quando de brincar conseguia
Hora de ninar te apresentava.
Pluto e Mickey a meu lado dormiam.
A fantasia viajava
De maneira absurda
Para um mundo distante
E de ciranda dançávamos:
(Eu, a solidão
e os dois fiéis companheiros)
Ciranda, cirandinha
Vamos todos cirandar
Vamos dar a meia volta
E outro Luís Mauro inventar.

Cofrinho de Criança

Moedinhas que entram
no cofrinho
E lá dentro
Vivem misturadas
Em completa escuridão
- O que será que sentem?
Pergunta o menino Caetano (intrigado)
Talvez vivam como nós
Todas juntas,
No mesmo espaço
Em completa solidão.
Responde o garoto
Que dizem viver desligado.Pelas terras da
solidão e do ódio andei
Encontrando o lado escuro, magro.
Aquele, que imaginado passado
me condena, culpa.
E como flecha vinda do Zênite
Transpassa o peito e me fez chorar.
Toda emoção é lançada como um raio
que pelas veias transborda todos os
opostos.
E tudo que é contrário
à sua própria afirmação se apresenta.
E assim, no silêncio da escuridão
tento achar-me num grito, num fato,
procurando prender o mundo num ato.

Resposta

É ... você tem razão
Olho assim mesmo.
Desse jeito assustado, curioso.
Toda a minha sede de saber, sentir
Conhecer.
Sai assim
Por esta aresta
Ávido que estou há anos
de intimidade.

Sentir: Verbo Transitivo Intenso

Às vezes
Sinto tão intensamente
Que calo e silencio
Diante de ti, velho companheiro,
Vendo tua beleza
E me assusto
Qual criança pequena
Ao ver o próprio rosto
Numa poça d'água
Após o temporal.

Sorria

Minha alma é vadia,
Sobrevive,
Apesar das mares
Azares, desamores.
Golpes fortes
A esse corpo,
cheio de vida
Que sucumbe pouco a pouco
nesse palco de fantasias.

Guerra Atômica

Despertem a rosa,
Despertem.
Tão delicada, primaveril!
Despertem a rosa, a rosa ...
Única rosa ...
Flor tâo pertubadoramente
Só.

Lembranças tenho
De tempos primeiros,
Quando sentimentos
Brincavam por ruelas escuras
Onde o amor fluía.

Hoje procuro caminhos
À luz do dia
Para deixar tristeza e alegria
Levarem a dor da mentira
De nada sentir.

Aprendi a usar
As plantas de uma certa floresta
Para entorpecer
O que não se pode conter.

Força plena,
Correndo como um raio
Que leva em seu caudal
Rosas em botão,
Amores em vão,
E tudo que em sua margem
Parece viver.

Então surge a poesia
Que brincando com as águas
Conduz com magia
As fantasias de um menino travesso.
Vira do lado do avesso

O que era semelhante
E transforma num instante
A vida solitária
Em vôo de balão errante.

Fotografia

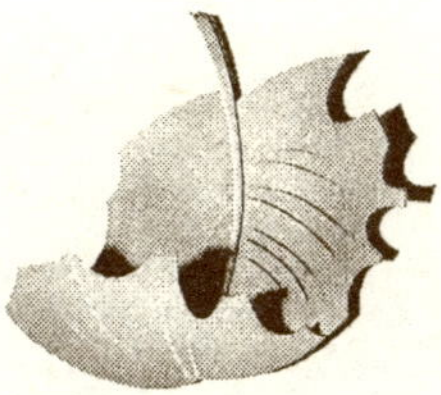

Fotografia

Descubro fotografias
Amareladas com o tempo
Trazidas pelo vento
Ativas como o silêncio.

Raquetes de frescobol
Paradas no ar,
Abraços que não se desfazem,
Bocas que se tocam
Sem cessar

Nessa película
Fixado como magia permaneço.
E atravesso
Os limites das porteiras
Vislumbrando a quarta, quinta
E tantas outras dimensões.

Tão herméticas
Para leituras pragmáticas,
Tão simples
Para a imaginação.

Enquanto os olhos
parados,
Fitam aquelas imagens
estáticas

O coração bate mais forte
E a percepção ludibriada
Acredita, ouve e ressente
O que já não existe,
Mas insiste e mente.

Eu,
Suspenso em algum lugar
Nessa transversal da vida,
Espaço ilógico,
Entre fantasias e recordações,
Desperto
Ao escutar a batida na porta
Que me lembra haver
Outras pessoas
    Querendo entrar

Leio jornal.
O ar fica pesado.
Dia frio
É domingo e chove
Nas telhas, no chão
Sinfonias, ensaios.
As gotas se encontram,
Uma explosão
Depois da banheira
Notícias escorrem pelo ralo
já não lembram de nada
(- Que dia é hoje?)
Leio Jornal
É domingo e chove...

Gotas de Chuva

Era uma vez
uma gota de chuva
que restou após os temporais,
quantos ais!

Permaneceu por insistência,
Vida própria talvez,
Um tanto sóbria
Fazendo sombra,
Difundindo luz.

Deitado, tracei o perfil de mim
Enquanto a inesperada companheira
por sobre a pele seca, sedenta
deixava frios arrepios,
sentimentos outros calados
estranhamente ressuscitados :
maciez, delicadeza, amor, dor, beleza.

Ao cair evaporou; sumiu?
Não, zumbiu, doeu,
deixou no ar um cheiro fresco
possibilidade mutante
de ser elástico, fantástico
seguir a vida
aumentando, diminuindo
subindo, descendo

Uma flecha
Atravessa o peito
Ao ver tanto sentimento
Encaixado em engrenagens
Coberto por molduras
Delimitando
O pulsar das veias
a dormir tranqüilo
o correr inocente
da criança
Que existe em mim
E já não sorri
De maneira ingênua
Como antigamente.

No Banheiro

Sexta feira
chego do trabalho
Fecho a porta do banheiro
sentado na privada
Conjugo vários verbos
Sim, todos os que
em sociedade evitamos
embora neste recanto
de odores tão diversos
podemos declarar
o que de mais brega, lírico, erótico
e porque não dizer sujo mesmo
possuímos.
- É claro bem canalizado
tudo ou quase tudo pode
ser expressado.
De modo geral me faço acompanhar de
jornais, revistas
que tragam notícias
bem mais sujas do que neste
cantinho boto para fora.
Mas o melhor mesmo
é escutar a água
do chuveiro caindo
e aí vou saindo, vou indo.

À Marina Colasanti

Leio contos de Marina
Narro estórias infindáveis
Velejo outros ares
Nem parece que estou em Vila Isabel.
E o Noel?
Cidadão do mundo
ou do bairro?
Imaginação
Cão sem dono
Vagueia, se esgueira
Cruzando corações, razões
que se desconhecem

Sai por aí
E a cidade
Estava a se colorir
Eu saí ...

A procura de espaço
Prá imitar a natureza,
pintar a tristeza
Que pairava no ar.

Saí do metrô
Sabendo do rumo
A tomar (uma cerveja, talvez)

Corpo cansado
Pensava em parar,
Sentar num bar
De qualquer lugar.

Beber é a anestesia nossa
de cada dia
E flutuar por sobre as vítimas
Das galerias, dos grandes salões.

Tomar do relógio o tic-tac
Transformá-lo em poeira
E soprar o grão e areia
Que ao cair se acumula (Ou se espalha?)
Como pode
No deserto talvez.

Confusão

Rio
Quando devo chorar
Brinco
Quando devo correr
Saio
Quando devo ficar
Morro
Quando devo viver

Um coração bate mais forte
Quando danço gafieira
Outro
Que só é visto à noite
Andando pelas transversais da Lapa
Chora cabisbaixo na primeira transversal
do passado.
Onde só vai
Quem já riu, brincou, saiu,
Quase morreu
Mas ansiou e viveu

Carnaval

Restaram cinzas.
Como sempre,
Sorrisos como nunca
E duas lágrimas
que saindo de um olho verde,
outro rosa
uniram-se magicamente
no coração de uma colombina.

Peixada

Talheres falam
Num tilintar intenso
As bocas ardem em silêncio

Rabo de Galo

Acontece que para tristeza
Uma cerveja não bastou
Bebi tantas
quantas foram necessárias.

Com a JF ouvi o pagode
que rolava na praça
alegrando a moçada
que ensaiava:
liberdade, liberdade
ainda que tarde!

Glória a Ataulfo
Cartola e Noel.
Glória a Nossa Senhora
que nos garante esta vida passageira,
corriqueira
que os bambas mascaram
com sua harmonia ligeira.

E no bar do Seu Antônio
Estas emoções retornam
Como se fossem
Sensações primeiras.

Nuvem Passageira

Nuvem escura,
você é chata!
Queria muito ver o sol ...
Sai! Por favor, sai.
Mas, sai devagarinho
Senão a claridade me cega.

Pipa

Solitário,
Um menino solta pipa
Vôa imaginação
E lá de cima, por extensão,
A pequena alminha vibra
Sonhando em ser livre apenas
Sem qualquer armação.

Dançar a Vida

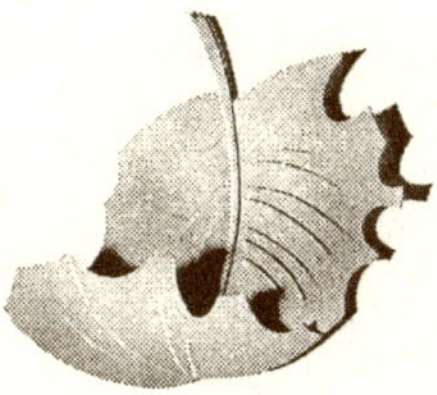

Dançar a Vida

Deixar o silêncio
Dos movimentos do corpo
Dizimar o vazio
Em que penetra o bailarino
Corpo mágico, ágil, felino
Lançando-se,
Preenchendo espaços, formas
Inventando lugares.

Do sonho de voar
Segue-se o ato de dançar,
Em Paris, Amsterdam, Rio.

Compartilhar posições tão diversas
Inverter a gravidade.
Desafios constantes
Da criatividade à lógica
Da poesia ao cotidiano.

Gestos suaves, viris
Dando ritmo à canção,
Sentido à vida
Parece libertação
Poder desejar não ser apenas mais um
figurante
Talvez ser pássaro e sair por aí ...

Ciclo

Click.
Acendo os olhos
Que dão luz à vida.

Clock.
Acerto os ponteiros
Num tic-tac
Perdido.

Clack.
Quebra-se a solidão
Nessa dança efêmera
De sonhos e paixão.

Cluck,
Sucumbe a alma descrita
Em versos
De amor e desilusão.

Ciúmes

Ciúmes, controle, raiva.
Quero lhe dizer que a vida é breve
O amor é infinito
e entre xingamentos e gritos
Constatamos como Dolores
"se a dor é tanta
é porque o amor valeu".
Canção Para Uma Dama

Quem é essa mulher
De poética beleza
Personagem constante
Em meus devaneios?

De quem é essa boca
Que me toca pelo ventre
E depois diz que não sente
O aroma espalhado no ar?

De onde vem tão misteriosa dama
Que se deita em minha cama
E com mãos de vento
Os cabelos começa a acariciar?

Onde anda pessoa tão amiga
Que preciso de idade antiga
Quando o sono
Era fácil de embalar?

Do nada
Fez-se a vida
Que gerou você
Para ser amada
Por mim.

Não quero
declarações de amor
que passam voando
a muitos quilometros
para abatê-las como caça

Quero a surpresa
de um olhar, único,
ao pousar
à distância suficiente
para nos amarmos
livremente.

O que sinto
É tão inexplicável
Quanto um pássaro
Que surge no ar
Vindo do infinito
Que somos
Eu e Você.

Esse amor indisciplinado
que corta o peito
Como uma cena
De carinho.

Essa idéia que surge
Desvirginando minha alma
De tê-la nua,
Assim como nossa verdade,
Simplesmente crua.

Ah! Essa emoção
Que me invade como um raio
Que pelas minhas veias transborda
E me transporta para seu ventre
tão singelo, tão singular.

Ah! Esses sentimentos
Revoltos como o mar
soltos como a brisa,
sedentos como eu
De você.

Para Rosana ou Olhos Azuis

Ah, esse olhar azul
Que penetra o meu
De forma intensa
Como o raio de sol
Que atravessa
A floresta mais densa.

Ah, esse olhar azul
Que me lê
De maneira indireta,
Impunemente,
Sem respeitar
Minha jóia mais secreta,

Como te atreves
A desejar-me tão teu
Se minhas veias
Ainda fervem
Por quererem dominar a mim?

Não vês
Que os limites
De nossa razão
São tênues
E não deves brincar
Com tal força do coração?

Canto Triste

Ah, eu vou embora, vou viajar,
A terra tá seca, sedenta de água,
tenho que ir prá bem longe.
Sei que quando voltar
a ferida vai tá aberta,
mas em vias de cicatrizar.
O jovem que um dia sonhou amar
já vai ter seus olhos secos,
e não quererá chorar.
E se a serpente não quizer ir,
Melhor prá ele, porque não irá se ferir.
Quando voltar, seu canto ainda será triste
Mas seu coração já estará pronto
Para a morte enfrentar.
Com os olhos e a boca secas
E o coração duro como pedra
Sua cantiga irá machucar
Mas também libertará o homem
Que um dia pensou que amar
Era viver feliz com sua mulher
Porém, a vida lhe mostrou
Que a mulher só vai com quem quer
Com quem sabe maltratar, com quem não
sabe chorar
Se você, ouvindo esse canto
Não sabe porque lamento tanto
Fique sabendo irmão
Que a mulher que tanto amei
Não quis saber disso não

Encontro

A cada encontro
Íntimo, intruso
Levanto-me
E bato palmas para você
Vida.

Deixe-me olhar nos seus olhos
Ficar a espreita
Apreciando seu andar sinuoso,
seu jeito quente de amar.
Deixe-me sentir
como um pássaro a voar,
Cotovia a cantar.
Nessas ondas do mar.

Deixe-me estar a seu lado
Apenas ficar calado
Sentir meu amor espairar-se
Exceder o impossível
É conhecer o repouso
Em você.

Espelho Quebrado

Espelho Quebrado

Se me falas
Do teu ódio,
Reinvento essa ira,
Convido-te para outros caminhos,
Talvez sem tantos espinhos.

Se me falas
Do teu gostar,
Reivento esse amor,
Convido-te para outros caminhos,
Seguindo como companheiros,
Talvez menos sozinhos.

Se me falas
Da tua ferida,
Reinvento essa tristeza,
Convido-te para outros caminhos,
E ouço o silêncio
Refletindo tua dor.

Se me falas
Que não sinto como tu,
Olho no espelho,
E descubro
O quanto essa imagem
Também se afasta
Do que sou.

Descompasso

O rigor das rimas
Quebra o rítmo
Dos poemas que faço
Das procuras que invento
Desta vida dividida
Entre gesto e intento

Risco traços
Em tênue papel
Com lápis turvo de vento,
E quando vejo o desenho feito
Me assusto, tenho medo
Olho para o espelho
E pergunto:
— Viu no que deu teu invento

E viajo qual nave perdida
Num esforço de flutuar
Por universos outros
Sair dessa gravidade terrena
Construindo fantasias,
Conseqüências do passado distante
Causa maior
Da dificuldade viver o prazer
De cada instante.

Deito na cama
E pensamentos surgem
Brincando com sons,
Pintando imagens
Com pincel mágico

Atado estou
A dolorosas carícias,
Pequenos gemidos
Que voam pelo céu,
Povoam os ares
Liberando perfumes
Provocando enjôos
Determinando talvez
Possíveis azares.

Idéias diminutas,
Multifacetadas.
Com a lógica brincam
Causando risos na platéia,
Embevecida e assustada,
Ansiosa por controlar os aplausos
A esses acordes soltos
Que são no entanto,
A essência mesma
Dos vôos astrais
Formada de notas paradoxais

Árvore Genealógica.
ou (Gênica e lógica)

Que árvore é essa,
onde a morte questiona
seu próprio fim?

Quando tudo aponta
direção oeste
Ventos carregam
frutos e sementes
Direção nordeste

Sim, nem muito abaixo
Do avidamente querido
Nem tão acima
De herança herdada.
Uma flecha
Atravessa o peito
Ao ver tanto sentimento
Encaixado em engrenagens
Coberto por molduras
Delimitando
O pulsar das veias
O dormir tranqüilo
O correr inocente da criança
Que existe em mim
E já não sorri
De maneira ingênua
Como antigamente.

Ponto de Interrogação

Ana lista
Uma por uma
Suas dúvidas
E surpresa descobre
Em um certo dicionário
A seguinde definição:
Ponto de Interrogação
Sinal com que se inicia
um novo período.

P.S.
Esse dicionário não está a venda na praça.

O Autor.

Muda o tempo
Certeza se vai.
Cai a cortina,
Levanta-se o vento
Que sopra mentiras,
Varre paredes,
Expõe lugares
Nunca vistos (sentidos)
Repõe figuras
Com outra face
Refaz questões
Com outro enlace.

Desdobro o anverso
Para ver o verso
Pontuado por outro,
Ligado ao seguinte
De forma fugaz.

Volúvel é o desígnio,
Armada a constituição
Que vista, sobrepuja
O que ora sou.

Calada, determina
A conjugação futura.
Falada porém,
Possibilita a expressão de mim
No abrir do que não foi dito
No fluir do quando.

Ela era tão linda, tão charmosa
Que de tão perfeita era temida,
outros a desprezavam
Havia aqueles também que a interrogavam,

Quem era Vera?
Uma ficção, uma realidade?
talvez Vera fosse a felicidade
Mas como felicidade
Se tantas forem percebidas
Por igual número de sujeitos?
Quem sabe não está aí a Vera Felicidade
No caminho de quem a procura
Coberta por um véu,
Em nossa opacidade?

Aula

Atenção!
Aula iniciada
Nossa mestra se apresenta:
Seu nome é dúvida.
Quem de nós
Apenas certezas tem?

Talvez o pretencioso
ou ocioso
Que só olha o próprio umbigo
E responde prontamente
Qual o centro do universo
Negação do óbvio
É o nome do lugar
Do qual partimos
Para aprender.
Ao contrário do que
Se diz por aí
Prova primeira de inteligência
É perguntar.

The King - Das Ding

Mundo que na boca
Não cabe, age
Borburinho do acaso.
Não se deixa
Em seu silêncio
Calar.
Existe
Onde as palavras não alcançam
Apresenta-se diferente.
Em cada rotação
Sempre mais uma vez
Mais ainda que um milhão

Entrando em greve
os fantasmas
ninguém podia
ir ou vir
Ficaram todos pastando

Para chegar até aqui,
Neste local sem dimensões
Tive que abandonar
a idéia de medir
meu crescimento.

O Poeta Mudo

O poeta cala,
A caneta emudece
Perde a ponta
Aponta pra onde?
(Qual o lado certo
de caminhar,
meu caro Moebius?)

Incenso!
O poeta precisa respirar,
Afinal onde está a cor do ar
Transpirar, sussurrar pelos poros
O que a palavra não alcança.

Mas será que é possível
Ouvir o grito silencioso,
Prolongado dessa dor
Sem perder a voz?
Como passar incólume por tantas provas
Sem que cesse a água da fóz?

Jeito de Poeta

Essa letra
De contornos certos
Está escrita
Para falar
De um certo jeito dos poetas
Que sinto chegar com a brisa
Que também sopra
De um certo jeito
E sobre o qual
Não se pode escrever

Ponto de Vista

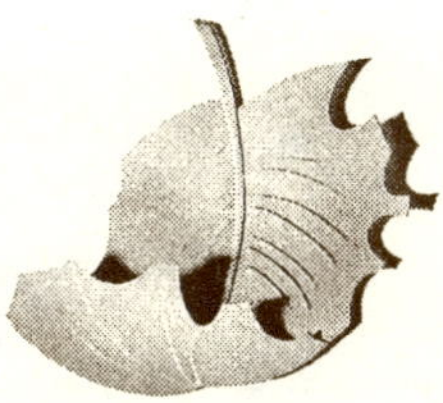

Ponto de Vista

Visto de cada posição

peculiar, singela

O imundo roteiro

Faz sentido.

Tenho muitos amigos.
Alguns me apunhalaram pela frente
Outros pelas costas,
Mas a meu lado existe um lugar
Para que você, companheiro,
Ocupe apenas com o olhar.

Quando matam um poeta
As palavras ainda assim
falam: Morte!

Não se calam
Invadem
E gritam: Assassinos!

A Benjamin Moloice, morto
porque era contra a
marcação da diferença racial.

Procura-se uma Criança

Gostaria de saber
Quantas vidas tem o mundo,
Quantos anos têm os homens
Que laboram um pedaço da terra
Qual mãe aguerrida
A defender cada palmo de espaço vital
Para sua criança indefesa.

Andaria léguas a procurar o opressor,
Que com foices astutas
Destrói plantações,
Mas não sementes,
Que crescem onde não podem ver.

O camponês que as plantou,
Pelo caminho deixou rastros
Que apenas piegas andarilhos e loucos
(Disfarçados de vendedores de maçã)
Sabem seguir.

Gostaria de saber
Quantos descobrirão que é melhor sentir.
Olhar a noite, manhã
Como eternas companheiras de novos
planos
(Disfarçado de vendedores de maçã)
E lhes dizer: - Bom dia!

Gostaria ainda de saber
Quantas plantações terei que desvendar
Até que não precise disfarçar.
E o ofício de vender maçã
Substituído seja
Por pública vontade de viver.

De querer embriagar-me
A cada instante
De motivo errante,
E, no entanto,
Firme para continuar lutando
Por cada pedaço de terra
Qual mãe aguerrida.
A defender cada palmo de espaço vital
Para minha criança perdida.

Família

Escravos de jó
jogavam cachangá
Tira, bota ...
bota o filho no mundo
como bolha,
que quase estoura.
Um dia, talvez possa ter um jeito
de ser humano ...

O Louco

Observadores$_1$: É o louco
Jeito estranho,
Mal vestido, aparência ruim
(Ai, meu Deus! Que nojo!)

Não entendemos nada do que faz
O que diz é sem sentido.
Magoa pai, mãe, familiares
Com tantas asneiras,
Besteiras de sexo
(Que nexo tem uma vida assim?)

Num momento está feliz
Noutro já se queixa,
Declara que vai se matar,
Que vive sozinho
(Como pode? Tem tanta gente em volta
olhando)

Observadores$_2$:É louco
Que a todos assusta
Com um bom dia
A quem possa escutar.

É o louco
Que de mão aberta,
Rosto sofrido,
Coração frágil
Deixa o amor passar.

O louco: Quisera recomeçar
Pintado de esperança
Vestido de criança
Tomar do acaso a certeza
É a vida mudar.

Violência

O medo aflora
A raiva penetra os poros,
O rosto se agiliza,
E o coração já não perdoa
Como antes.

Os olhos
Tentam vislumbrar
Esperança no horizonte
Pois a alegria.
Ah! a alegria ...
Está sufocada
Como sempre.

A imaginação,
Guerreira constante
Contra a lógica do cotidiano,
Quer a revolução
Nem que seja por um dia.
Mesmo que o amor sucumba
E o ódio se instale
Como o depois.

Surge então uma força
Que não posso conter
A dor do sonhado
A asa do pássaro alado

Que perde a função
Nessa asa mecânica
Nessa falta de magia
Na máquina de manias.

Terra Mater

Vai meu verso
Voa para outras terras.
Leva os sentimentos do poeta
Ávido de igualdade,
Triste pelos que morreram
Esperançosos por liberdade maior

Traduz em tuas linhas
O grito contido
De fome e miséria
Do irmão sul-americano
Há muito reprimido pelas armas,
Já cansado de tantas perdas.

Vai,
Qual andarilho desse Brasil,
Ao sul do Equador,
Anunciar a outros povos
Que os filhos das pseudo-revoluções
Gemem de ódio e dor.

Os senhores poderosos
Dizem sempre
Que o homem das ruas
Não sabe escolher
Tentanto com sofismas
A verdade enconder.

Vai,
E fala também
Do samba da Mangueira,
Da ciranda do Recife,
Do forró de Fortaleza,
Da alegria e da força dessa gente
Que quer na magia
Das danças e canções
Esquecer a tortura e a pobreza.

Vai,
Espalha no ar
O pólem da subversão sistêmica
Imbricada em tua raiz

Vai,
Desmascara uma vez mais
O mito dos tiranos, disfarçados
Em lindas armaduras
Sujas pelo martírio imposto
A esse que chamam: – Meu povo!

Fala pelo que és, representas
Por todos os loucos, varridos, banidos,
Por todos os sentimentos
Que se sufoca
Que se mata
E tu?
Tu não te calas.

Sobrevive,
Símbolo maior da imaginação.
Ultrapassa
tantos muros
quanto possa,
tantas vidas
quanto queiras.
Até que haja liberdade.

markgraph
Rua Aguiar Moreira, 386 - Bonsucesso
Tel.: (21) 868.5802 Fax.: (21) 270.9656
Rio de Janeiro - RJ